樂讀456 —— 087

奇想聊齋 1

# 狸貓學仙術

文 劉思源
圖 李憶婷

# 目錄

白狸長老

作者的話

# 燦爛的奇幻之光

文／劉思源

「妖怪」故事為什麼這麼吸引孩子的眼球？不論是故事、動漫、遊戲、電影……妖怪一出，魅力無敵，即使緊張得閉起眼睛、摀住耳朵，心臟怦怦狂跳，躲在被窩裡也要看下去？

仔細想想，孩子愛「妖怪」的原因顯而易見：還未受到現實和自我框架的原生態小孩，都有一顆喜愛探究未知的好奇心，和無限爆發的想像力。這兩項超級「原力」，不就是一直推動文明和科技向前進擊的引擎嗎？

此次有機會改寫《聊齋誌異》的故事，我便嘗試以「燦爛的想像力」及「兒童閱讀」為雙核心，精挑細篩全書近五百篇故事，最後輯錄二十七篇經典代表作，一一刪除繁蕪、留存精要，並劃分成：狸貓學仙術（驚奇幻術）、妖怪現形記（動物群妖）、仙靈探魔境（奇幻魔境）三大主題，帶著孩子一覽中國文學史上最絢麗、最耀眼的奇幻之光。

而沒有蒲松齡，便不會有《聊齋誌異》。他一生困頓，對弱小的、孤寂的、被排擠的、甚至人人避之唯恐不及的怪物，具有高度的同理心和憐憫心。也因此，即使他筆鋒犀利，如解剖刀般冰冷的切開世俗的表相，然而蘊藏在其中的「眾生平等」、「眾生有情」價值觀，才是真正跨越了歧視和偏見的鴻溝。

另外，編輯群和我在每篇故事前後，安排了可愛的狸貓師徒串場，透過趣味的提問，和讀者一起深入探討故事的本質，並結合自身的生活經驗，進一步學習如何轉換思考角度，克服成長中的大小問題和疑惑。

好故事，有光。

獻給獨一無二、與眾不同的每一個生命。

## 蒲松齡小檔案

姓名：蒲松齡（一六四〇～一七一五年），字留仙，一字劍臣，別號柳泉居士，生於明末清初的王朝更迭時代，一六四四年清軍入關時，他年僅五歲。

出生地：山東淄川縣人（今中國山東省淄博市淄川區）。

生平：從小苦讀，十九歲時以第一名的成績通過縣、府、道的考試，獲得秀才資格。很可惜，之後多次參加舉人考試，全數落榜，無法踏上夢寐以求的仕途，一生以教書、寫書為業。

代表作：《聊齋誌異》，又名《鬼狐傳》，共計四百九十一篇文言文短篇小說集（各版本略有不同）。內容大部分記述狐、鬼、花妖和神仙的奇幻故事。

創作源起：蒲松齡一向喜愛蒐羅奇聞軼事、鄉野怪談、神鬼傳奇等故事，許多人也會寫信或親自告訴他這類的傳說。他一一加以整理、記錄、編撰，並加入自己的想法和感受，以及他對人性的觀察，生活的體驗、社會的批判等重新改寫及創作，定名《聊齋誌異》。曾有一說，為了蒐集寫作材料，他在家門口開了一家茶館，客人只要說一個故事，便可以免費喝茶。此說雖不足信，但何妨當成一則美麗的傳說呢？

# 靈狸養成學苑開課啦！

小狸和花花是兩隻調皮愛玩的狸貓兄妹，他們總是到處闖禍，一下偷摘獼猴大爺的水果，一下藏起黃鼬小弟的松子糕，惹得鄰居們每天雞飛狗跳，不得安寧。

這天，狸貓爸爸將兩兄妹叫到跟前，氣沖沖的教訓道：「你們兩個，與其一天到晚惹事生非，不如提早去靈異山修練，明天，就去找白狸長老報到！」

原來，根據狸貓一族千萬年來的傳統，成年狸貓必須通過成仙考試，而只要能修練成狸貓大仙，便能隨心所欲的施展幻術，變成

人類或其他動物，來場驚奇的冒險，還能飛天遁地到世界各處的魔境漫遊。而負責訓練年輕狸貓的白狸長老大師，已經年逾九百八十歲，卻依然身強體壯，在狸貓一族相當德高望重，若能成為他的親授弟子，就有機會修練成狸貓大仙。

好不容易，小狸和花花翻山越嶺，花費了七七四十九天終於尋到坐落在迷霧森林深處的靈異山，也如願以償的見到了白狸長老。可是白狸長老說：「想跟著本大師修行的弟子可多著呢，但我只收留最優秀、最有靈氣的狸貓。我在這靈異山上創設了一間靈狸養成學苑，學苑裡收藏一部絕世奇書《聊齋誌異》，此書號稱由清朝書生

蒲松齡手撰，實則蒐羅妖狐鬼怪各家絕頂神技。狸貓歷代長老皆埋首鑽研此書多年，細細爬梳整理書中經典案例和技法，為年輕狸輩們

開設修仙訓練班，傳授三九二十七堂基本功法。你們先跟著我去上完這套課程，若你們能耐著性子，上完這二十七堂基礎課程，本大師就正式收你們為弟子吧！」

現在，靈狸養成學苑即將正式開班，你準備好跟小狸貓們一起上課了嗎？

# 1 騙眼球的障眼法

「狸貓疾疾走！」白狸長老唸出一串咒語，小狸和花花轉眼間便來到老街的市集上，到處是賣吃的、賣喝的、變把戲的……好熱鬧。

小狸興奮的到處亂竄，「我們來這裡逛大街嗎？」

「錯！這裡是第一堂課的教室。」白狸長老拉住兩隻小狸貓，「市集上人來人往的，非常適合施展障眼法，你們倆可要張大眼睛看仔細喔。」

在熱鬧的菜市口，一位鄉下佬載著滿滿一車梨子到街上叫賣。

「又大又香又甜的梨子喔！」他大聲吆喝著，吸引許多路人過來買梨。

「賣梨的，這梨子怎麼賣？」幾位客人問。

「一顆梨子三文錢。」鄉下佬翹著下巴說，「我家的梨子比蜂蜜還甜十倍。」

「一隻雞也不過十文錢，太貴了。」大家一聽價錢紛紛搖頭，心裡還免不了嘀咕幾聲，「賣梨的說梨甜，誰信？」

鄉下佬說什麼也不肯降價，大半天過去，一顆梨也沒賣掉。

時近中午，豔陽高照。「好熱啊！可以給我一顆梨子解解渴嗎？」一位戴著破頭巾、穿著爛道袍的老道士走到車前，向鄉下佬討顆梨吃。

「快走開，臭道士！」鄉下佬罵老道士，他的梨子可都是自己花了一整年，辛辛苦苦施肥、澆水、修枝的，怎麼能白白送人？

但老道士不肯走，鄉下佬更氣了，破口大罵了老道士一頓。老道士也沒好氣的回嘴：「賣梨的，這一車有幾百顆梨子，我不過向你討一顆而已，對你來說又沒有多大損失，不給就算了，為什麼發脾氣罵人？」

「你就隨便挑一顆爛梨給這位老道士吧！」圍觀的路人七嘴八舌的勸鄉下佬，「快把他打發走，免得妨礙你做生意，不划算。」

但是，鄉下佬說不肯就不肯，當街就和老道士你一言我一語的吵了起來。

「哎呀，兩位別為這點小事囉嗦了。」街旁店鋪有位伙計看不下去，便自掏腰包買了一顆梨子送給老道士。

「謝謝您。」老道士向伙計道謝，並對大家說，「我是位出家人，雖然沒有錢，但絕不是個貪小便宜的小氣鬼。其實我有許多上好的梨子，等等拿出來請大家吃。」

老道士一說完，有個路人忍不住問：「你既然有梨子，為什麼還要向賣梨的討呢？這不是故意耍賴嗎？」

「原因只有一個，」老道士搖搖手指，然後高高捧起梨，「我需要這顆梨的果核當種子。」

老道士說完，大口大口把那顆梨啃個精光，只剩一個光溜溜的果核。他拿起背在肩頭上的小鐵鏟，在地上挖個幾寸深的洞，把果核埋下去，再蓋上一層泥土。

「有水嗎？」老道士一邊填土，一邊向街上的人討水，要幫剛種下的果核澆澆水。

有幾個愛湊熱鬧的人，跑到附近店家討了盆滾燙的熱水給他，等著看笑話。

老道士也不介意，接過那盆滾水，嘩啦嘩啦倒在土堆上。

「這樣種子還能發芽嗎？」幾十雙眼睛一起盯著看，沒想到過了一會兒，真的「啵」一聲，從土堆裡冒出一株彎彎小芽，而且小芽迅速長大，一眨眼的工夫就長成一棵枝葉茂密的梨樹，一下子開花，又一下子結果，果實纍纍的掛滿了整棵樹。

「哇！每顆梨子都比一個拳頭還大。」大家嘖嘖稱奇。

老道士親手把樹上的梨子，一顆一顆摘下來分送給大家，很快

就送光光。接著老道士又拿起鐵鏟砍樹，「砰砰砰」的砍了好久，才把整棵梨樹砍倒。

「這下子就乾乾淨淨了，該走嘍！」老道士連枝帶葉把梨樹扛在肩頭，沿著大街慢慢的走遠。

而那個和他吵架的鄉下佬呢？

當老道士在大街上種梨時，鄉下佬也混在人群中，伸長脖子看熱鬧，完全忘了做生意這回事。等老道士走後，他回頭一看，才發現自己車上的梨子居然全部不見了，這才恍然大悟，剛才老道士拿來請客的梨全是他的！

「大騙子！」鄉下佬氣得直跳腳，卻看不出老道士到底是動了什麼手腳？

他再仔細一瞧，怪了，車上的一根把手也不見了，而且上面還留著剛剛被砍斷的痕跡。

「可惡的老道士，別跑！」鄉下佬氣急敗壞，匆匆忙忙去追那位老道士，剛轉過牆角，便發現那根車把被扔在地上。

「難道老道士砍下的梨樹，就是用這根車把變的？」鄉下佬呆呆站在街上，梨子沒了、車子壞了，這筆帳到底要找誰算呢？

改編自《聊齋誌異．種梨篇》

## 小狸筆記

那個偷了人家一車梨子的老道士，是使用了「移花接木」之術吧！

他故意在大家眼前表演華麗的縮時魔法，讓梨樹瞬間開花結果。除了道士本身的法術外，也技巧性的利用障眼法，讓大家在眼花撩亂之下，完全轉移了注意力，賣梨的鄉下佬也沒有及時發現梨子失竊。道士再利用這段時間差，離開犯案現場，完美消失，真是太厲害啦！

# 2 神乎其技的寫真術

白狸長老帶著小狸和花花來到一座古色古香的城市，一匹高大的駿馬飛奔而來。

前幾日學苑的鴉長老穿越到未來，才開回一輛跑車向大家獻寶。「哇！這匹馬真漂亮，而且跑得比鴉長老的超級跑車還快！」兩隻小狸也不是弱者，翻個觔斗閃到路旁。

「來，跟著這匹馬，瞧瞧牠有沒有什麼地方不一樣？」白狸長老笑說，「今天這堂課的老師便是牠喔。」

山西的太原是座古都，千百年來名士客商川流不息，因此各種好馬、名馬也是多到不可勝數。

這天，一匹黑毛白紋的駿馬，像一陣颶風從城門外奔來。牠神采奕奕、昂首闊步，神氣得不得了。即便當地不乏好馬，這匹毛色光亮、軀體結實、四肢健壯的神駒，仍是難得一見。

但奇怪的是，騎在馬上的不是攜刀佩劍的貴族或武士，而是一位文弱書生。

這位書生姓崔，住在山東，家境清寒，連院牆塌了也沒錢修砌。這樣的窮人家怎麼可能養得起此等絕世好馬呢？

其實這匹馬與崔生就像冥冥之中牽起的緣分。

崔生人窮志不窮，每天天剛亮就早起讀書，常常看見一匹黑毛白紋的馬臥在書齋附近的草地上。這匹馬高大俊美，只是馬尾的毛參差不齊，好像曾被火燒斷過。

「咦？這匹馬看起來不像野馬，應該是有人精心餵養的，但是這附近都是小戶人家，並沒有聽說有人養馬，不知是從哪兒跑來的？」崔生覺得這匹馬來得稀奇。

「回家吧！」崔生知道馬能識途，便輕聲呼喝把牠趕走。但說也奇怪，崔生一早把馬趕跑，到了晚上牠又回來了。

「這匹馬八成是從哪個高官或富豪家逃出來的。」崔生心想，並暗暗留心，打聽有沒有人在尋找失馬？但是大半年過去，都沒有半個人來詢問。

一人一馬日日相見，漸漸熟悉了，只要崔生經過，那匹馬便轉過頭來，低沉的嘶鳴幾聲，就像和老朋友打招呼一般。崔生很喜愛這匹馬，幫牠取了個響亮的名字——飆風。

崔生只顧著念書，生活越來越貧困，他想起有位朋友在山西當官，便想去投靠他，但路途遙遠，無車無馬的他真不知該怎麼辦？

他正著急，看見飆風緩緩走過來。

「飆風，你可以幫幫我嗎？」崔生靠在飆風耳邊說。飆風像能聽懂似的，輕輕點頭，揚起馬蹄，喀噠喀噠的踏步。

崔生驚喜萬分，連忙找朋友借了馬鞍和轡頭，套在飆風身上，匆匆上馬出發。臨行前他囑咐家人：「假如有人來找馬，就轉告他我借了這匹馬去山西一趟。」

飆風上路後，快蹄如飛，一眨眼就跑了上百里路。

「累了吧？多吃點。」晚上休息時，崔生拿些草料和水餵飆風，牠卻一口也不肯吃。

「該不會生病了吧？」崔生懷疑飆風累病了，非常擔心，第二天故意勒緊韁繩，不讓飆風跑得太快。

「嘶嘶嘶——」飆風非常生氣，高聲嘶鳴，口吐噴沫，並且不停的用力踢腿。

「對不起！對不起！」崔生知道飆風不喜拘束，立刻鬆開韁繩，任牠自由的奔跑。

飆風一擺脫束縛，馬上邁開大步往前奔，腳下揚起陣陣黃沙。

崔生想起古書上所記載的名馬，速度之快，據說可以追日、逐風，甚至連影子都看不見，而他胯下的飆風似乎也毫不遜色。

這樣子趕了半天路，第二天中午就抵達太原。進了城，飆風放慢腳步，但神采飛揚的牠，依然吸引了所有人的目光，連連讚嘆。

山西人人都知道：晉王爺，愛寶馬，不惜千金求神駒。有人立刻去王府打小報告，通知晉王爺來賞馬。

「好馬！」晉王爺一看到飆風，二話不說強迫崔生賣馬。但不管出多少錢，崔生就是不願意，而且馬不是他的，他也不敢賣。

晉王爺火冒三丈，但礙於面子只好作罷。

崔生在太原待了半年，朋友沒找到，錢也用光光，眼看就快要餓死他鄉。「唉！沒辦法了。」窮途末路的崔生只好找上晉王爺，忍痛把馬抵押給他，換些銀子回鄉。

「來人啊！去叫個衛士，騎上這匹馬到大道上跑幾圈。」晉王爺心花怒放，若不炫耀一下怎甘心？

哪曉得飆風剛踏出柵欄，便高高舉起前腳，昂起身子，狠狠把衛士摔下馬背，然後一溜煙跑掉了。

「快追！」晉王爺急得吹鬍子瞪眼睛，眼珠子都快要掉出來。

衛士擔心晉王爺怪罪，趕緊跳上另一匹馬急起直追，竟一路追到了山東崔生的老家附近。遠遠的，只見馬兒迅速的左一拐，右一轉，鑽進一扇門後就不見了。

「開門！開門！誰敢窩藏晉王爺的馬？」衛士闖進大門，搜尋馬的蹤跡。

但是真奇怪，這麼大的一匹馬，居然瞬間消失得無影無蹤。

衛士不死心，一遍一遍的搜，但屋前屋後、裡裡外外，連個馬蹄印都沒找到。

「冤枉啊！我真的沒看見什麼馬。」那家主人姓曾，呼天喊地頻頻叫冤。

衛士又氣又惱的走來走去，不知如何向晉王爺交代。

他猛一抬頭，發現屋內牆上掛了一幅元朝名書畫家趙子昂畫的駿馬圖，其中一匹馬的毛色與失蹤的馬一模一樣，一截尾巴還被爐中的香柱燒焦了，莫非——

那匹馬是從畫紙上走出來的？這個答案，鬼才會相信！

衛士怕回去後晉王爺會砍了他的腦袋，索性連武官也不當了，能逃多遠就多遠。

至於崔生呢？他用換來的銀子買了一頭驢子，慢慢騎驢回鄉。一路上他滿心悔恨，只要想到颿風，便忍不住痛罵自己。當他快到家時，咦？附近雜草叢中，隱隱約約露出一個熟悉的黑色身影。是颿風嗎？崔生跳下驢子，流著淚飛奔過去。猜猜看，颿風會原諒他嗎？還願意跟他當朋友嗎？

改編自《聊齋誌異・畫馬篇》

## 花花筆記

那匹馬究竟是妖馬？還是神馬呢？

不論如何牠真的是超有義氣的，是個不可多得的好朋友。

想不到畫裡的馬也能變得和真馬一樣，跑得飛快不說，而且還不用吃喝拉撒，真是太棒了！不如我和小狸一起改學畫畫，畫什麼，就變什麼，例如想吃冰淇淋，就畫個冰淇淋，還有什麼法術比這個更厲害呢？

不過小狸畫畫不太行，萬一把狗畫成老虎，那可就糟了！

# 3 石呆子的無價寶

「長老，什麼是無價寶？像是閃亮亮的鑽石嗎？」

「非也。仔細想想，你身邊有沒有什麼東西，是無論別人花多少錢、費多少心思，你也不肯割捨的呢？」

「嗯……」

「這件東西可能是價值連城的寶物，也可能是你心愛的玩具，或是一塊不起眼的石頭。最重要的是如何守護你所重視的事物，現在就來看看石呆子守護一塊奇石的故事吧。」

從前，北京有個愛石成痴的男子名叫邢雲飛，外號石呆子。他只要看到喜歡的石頭，二話不說馬上掏銀子買下，花再多錢也不可惜，你看傻不傻？

有一天，石呆子一時興起到河邊捕魚。

「哎呀！好重啊！」他收網的時候覺得沉甸甸的，怎麼拉都拉不動。他潛到水裡一看，原來是一塊大石頭卡住了漁網。

「怪不得，這塊石頭不小，大概有三十幾公分長吧。」邢雲飛撈到石頭比捕到魚還高興，用力把石頭抬上來。

他仔細瞧著，這塊石頭紋路精巧、層層疊疊的，好像一座座綿

延的山峰，又像一幅天然的石刻山水畫。

「果然是個寶貝！」邢雲飛高興極了。他把石頭捧回家，雕了個紫檀木底座，將石頭連底座一起供在桌上。更奇妙的是，每當快下雨的時候，石頭上的小洞紛紛冒出雲霧，遠遠望過去好像塞滿新棉，又像山嵐瀰漫，若隱若現的透著靈秀之氣。

俗話說：哪兒有肉香，哪兒就有狼。邢雲飛得了塊奇石的消息，很快就傳了開來。

有一天，一個財大氣粗的土財主不請自來，嚷著要見識一下那塊奇石：「快給我看看，到底有什麼稀奇？」

邢雲飛不好推辭，只得拿出石寶貝給他看。哪曉得，土財主一看到奇石便搶了過去，轉頭交給僕人，自己上馬就走；而那個僕人十分健壯，背起石頭便匆匆往外跑。

這位土財主向來橫行霸道，連官府都不敢惹他。邢雲飛追不上，討不回，急得直跳腳。

僕人背著石頭一直跑到河邊，過橋時暫時放下石頭想喘口氣，卻不知怎麼的，手一滑，石頭飛出去，撲通一聲掉入河裡。

「笨蛋，石頭那麼大，怎麼會弄丟？」土財主聽到消息後大怒，用鞭子狠狠抽打僕人，並出錢僱了些會潛水的人，下水搜尋石頭。可是好奇怪，石寶貝就像憑空消失了一樣，怎麼也找不到。土財主不肯罷休，貼出懸賞告示，只要有人找到那塊石頭，一定重重有賞。

從此天天都有許多人到河裡尋找石寶貝，可是過了許久依然一無所獲。

而邢雲飛聽說石寶貝失蹤的事，心中又痛又急，跑到它落水的地方，對著河水哭泣，低頭卻看見石寶貝就靜靜的躺在清澈的河底。他又驚又喜，趕緊脫了衣服，潛到河裡把石寶貝撈上來。

寶貝失而復得，邢雲飛擔心再被人搶了，不敢聲張，悄悄打掃出一間內室，把石寶貝藏在裡頭。

但是不知為何，有一天忽然又有人上門了。這人是個陌生的老頭，一開口就向邢雲飛討石寶貝。

「那塊石頭早就丟了。」邢雲飛打算裝傻到底。

「哈哈，」老頭馬上挖苦邢雲飛，「它不是在你家大廳嗎？」

「怎麼可能？不信的話，您可以進來檢查。」邢雲飛請老頭進屋，哪曉得一進門，赫然看見石寶貝就在客廳桌上。

「咦？我不是把它藏起來了嗎？」邢雲飛驚訝得說不出話。

老頭輕輕的撫摸石頭說：「它原是我家的東西，弄丟了一陣子，原來藏在這裡，現在該物歸原主了。」

「不，石頭是我的。」邢雲飛著急的爭辯。

「呵呵，」老頭笑嘻嘻的反問邢雲飛，「你可以提出任何證據，證明這塊石頭是你的嗎？」

邢雲飛聽了發愣，不知怎麼回答。

老頭拿起石頭說：「你看，這塊石頭前後共有九十二個洞，其中的大洞裡還刻了五個字『清虛天石供』。」

「真的嗎？」邢雲飛半信半疑的瞧著，洞中果然有比米粒還小的字，要很仔細才看得出來。他再抱著石頭數了數，洞的數目也跟老頭說的一樣。他知道「清虛天」[1]是月宮的別稱，心中明白這絕對不是平凡的石頭，但即使如此，也不能證明老頭就是它的主人啊。

「這塊石頭究竟是誰家的，豈是憑你就能作主？」老頭不再爭辯，拱拱手就走了。

邢雲飛鬆了一口氣，但一轉過頭，卻發現石寶貝已不見蹤跡。

「一定是被那個老頭拿走的。」邢雲飛趕緊追出門，幸好老頭走得慢，還沒走遠。

邢雲飛跑過去，拉著老頭的衣服，跪下來哀求：「求求您，把石寶貝還給我。」

「胡說！」老頭甩甩衣袖道，「那麼大的石頭，我怎麼可能拿走或是藏在身上呢？」

邢雲飛猜想，對方八成是仙人，直拉著他回家，跪著不肯起來。

「我再問你一次，這塊石頭到底是你的？還是我的？」老頭問。

「石頭原是你的。」邢雲飛拚命道歉，「但它是我的寶貝，我一分一秒都捨不得和它分開。」

「哈哈，算這塊老石頭沒看錯人。」老頭拉起邢雲飛，「你進內室去看看吧！」

邢雲飛聽了趕緊去瞧，石寶貝果然好端端的放在原處。

老頭這才對邢雲飛說真話：「這塊老石頭有靈性，自己選擇了一位真心喜愛它的主人，但是它急著現身，有些劫難尚未消除。如果你想留下它，必須減少三年的壽命作為交換，這樣你還願意嗎？」

「願意。」邢雲飛堅定的說。

「呵呵，果真是石呆子！」老頭說完伸出兩指，一連捏住石頭上

清虛天
石佚

的三個小洞，讓洞口合起來。原本硬邦邦的石頭，在他手中好像一團軟泥巴。

「現在石頭上小洞的數目就是你的歲數。」老頭說完就走了，再也不曾出現。

從此邢雲飛更加珍愛石寶貝，將它裹上錦緞收藏在盒子中，而且每天都會找時間看看它，和它說說話。

但是消息不知為何還是走漏了。

有一位朝廷大官，平日裡就愛蒐羅各種稀奇珍寶，不知從哪裡聽說了這件事，決定出一百兩銀子來買石寶貝。

「這塊石頭不是金、不是銀，但在我心裡是無價至寶，更是我最好的朋友，只求與它日日為伴，這一生就心滿意足了，就算給我一萬兩銀子，我也不賣。」邢雲飛立刻拒絕。

「真不知好歹，呆子就是呆子！」大官記恨在心。

所謂官大權大，誰敢不聽話？這位大官心眼小得跟豆子一般，哪受得了這種窩囊氣，暗中找個罪名陷害邢雲飛，把他關進大牢。邢家頓時陷入困境，為了籌措營救邢雲飛的錢，只好典當田地和家產。

「只要乖乖交出那塊石頭，我就留邢雲飛一條命。」大官找人放話給邢雲飛的兒子。他迫於無奈，只能瞞著父親，乖乖交出石寶貝。

邢雲飛出獄後知道這件事，好像失了魂，丟了心，病倒在床上，茶飯不思。

有一天晚上，他輾轉難眠大半夜，才迷迷糊糊昏睡過去。他做了一個夢，一位文質彬彬的男子來找他，安慰他說：「邢兄弟，我是石清虛，請不要難過，我們只會分開一年多的時間。記住，明年八月二十日，你務必到城門口，用兩貫錢把我買回來。」

「石清虛？」邢雲飛醒來，反覆思量，「莫非是石寶貝化為人形來報訊？」邢雲飛重新燃起希望，一天又一天的算著約定的日子。

另一邊，大官搶了石寶貝放在家裡，但說也奇怪，石頭在下雨前再也沒有出現過雲氣。

「這哪是什麼寶貝？不過就是塊爛石頭。」大官就這樣把石寶貝當成垃圾扔在一邊。第二年，大官貪贓枉法的事被人揭發，獲罪丟了官，不久便過世了，他家中收藏的寶物統統被親友和僕人們拿出來，盜賣一空，一件也沒留下。

又過了一陣子，約定的日子終於到了！邢雲飛照著夢中人的指示，剛來到城門口，就看見石寶貝被擺在一處小攤子上。果真，邢雲飛僅僅用兩貫錢，便把它買了回來。

經過這麼多波折，石寶貝早已消失在人們的記憶中，沒有人再打它的主意。

邢雲飛八十九歲時，想起老頭的話，知道自己即將離開人世，便準備好棺木，瀟灑的揮別人間。他死後石寶貝也跟著失蹤了，從此再也沒有人見過它。

改編自《聊齋誌異．石清虛篇》

❶ 清虛天石供：清虛天，指月宮；供，擺設。

語出自五代，譚用之〈江邊秋夕〉詩：「七色花虬一聲鶴，幾時乘興上清虛。」

## 花花筆記

我的無價寶，絕對是每天背著的花布包，這可是媽媽用了許多小碎布一針一線縫出來的，世上再也找不到第二個啦！你也有這樣的無價之寶嗎？

不過，若要像石呆子一樣為了塊石頭捨棄三年的壽命，好像也有點太誇張了，如果是你，願意用什麼去交換無價寶呢？

話說回來，這故事裡的老頭又是誰？難道是住在月亮上的神仙嗎？

# 4 神出鬼沒的穿行術

「今天要教你們的是穿行術，這可說是每個狸貓大仙都必須學會的基本功。」

白狸長老一邊說一邊帶小狸和花花來到一座古城，「只要學會這招，就等於打開所有有形和無形的空間結界，可以來去自如。」

「長老，」花花看見厚厚的城牆退後兩步，「這堵牆是磚頭砌的，感覺好硬喔，一頭撞過去會不會撞破腦袋啊？而且萬一卡在裡頭，不是會被壓得扁扁的嗎？」

小狸卻躍躍欲試的大喊：「好棒啊，只要學會這招，就能神不知鬼不覺的到廚房偷吃點心啦！」

「呵呵，」白狸長老說，「咱們狸貓族是天生好手，只要掌握重點，保證穿來穿去，暢行無阻。」

◆◆◆

古時候，許多文人唯一的人生目標就是：讀書、考試、當大官。

世代都做官的王小七家也不例外。小七的哥哥們都忙著考試求功名，但排行第七的小七卻只著迷法術。

「如果我能化身為一隻仙鶴，一飛沖天多神氣啊！或是如果我能把石頭變成金子，不就發財了嗎？」

小七整天做著白日夢，恨不得把書本丟到天邊。

有一天，他聽說勞山上有許多法術高強的道士。

「機會來了！」他立刻上山尋道，翻了幾座山頭，繞了幾處山坳，兩腿又痠又疼，終於看見一座道觀。

這座道觀矗立在山頂上，整棟屋宇都是用青石打造的，四周雲霧繚繞，小七覺得自己好像踏入了仙境。他走進大門，只見中堂裡，蒲團上，坐著一位白髮垂肩的老道士，風姿飄逸，講道玄妙。

「這位老道士長相不凡，道學高深，一定是位活神仙。」

小七立刻跪倒在老道士面前，恭敬的磕頭請求道：「師父，求您收我為徒弟，我一定會好好努力的。」

老道士看了小七一眼，捻著鬍子說：「你是位書生，看起來嬌生慣養的，恐怕受不了清苦的修道生活。」

「我可以！」小七大聲回答，「不管多累、多難，我一定會堅持下去。」

這時天色已晚，老道士的徒兒們陸續回來了，他們通常一早就出門幹活，直到太陽下山才回道觀。

「又來一個？看看他能撐幾天？」大家圍著小七上下打量，在這裡每一滴水都要從遠得要命的山泉挑回來；每一口食物都必須親手栽種、煮食；而且洗衣打掃、劈柴燒火樣樣都得做，小七能堅持下去嗎？

但小七好不容易尋到名師，才不肯放棄，大喊：「只要能學得法術，這點小事難不倒我。」

老道士微微一笑，「那就試一試吧！」

隔天，天還未亮，老道士便把小七喊去，丟了一把斧頭給他，叫他跟著師兄們上山砍柴。

起初小七很認真的工作，但奇怪的是，老道士只督促大家幹活，卻一點法術也不教。就這樣過了一個多月，原本只會提筆作文的小七，成日扛著沉甸甸的斧頭做工，手腳都磨出厚厚的繭。「難道這位老道士是個大騙子？我來了這麼久，連個小法術都沒瞧見。」小七失望的連聲嘆氣，他的熱情熄滅，疑心大起，暗暗想著乾脆放棄算了，但又覺得可惜，就這樣猶豫了好幾天。

有一天晚上，小七砍完柴回到道觀，發現屋裡來了兩位陌生的客人，正和老道士一起喝酒吃菜，說說笑笑。

這時天色漸暗，但屋內尚未點燈。

「我來借個光吧。」老道士隨手拿了張白紙，剪了一片圓鏡般的紙片，貼在牆頭上，頃刻間，圓圓的紙片變成一輪明月，光芒四射，即使一根小小的細毛都能瞧見。

躲在一旁偷看的小七看得目不轉睛，心想：「老道士果真有一套，幸好我沒有半途而廢。」

老道士吩咐徒兒們端菜倒酒，好好招呼客人。

酒酣耳熱之際，一位客人拿起一把小酒壺遞給徒弟們，並說：

「這麼美好的月夜，來來來，大家也來喝一杯，不醉不休。」

「這麼小的酒壺能裝多少酒？哪夠我們七、八人喝呢？」小七心

裡咕噥，跟著大家爭先恐後的倒酒，只怕晚了就喝不到了。

但神奇的是，那把小酒壺卻好像被施了魔法似的，大家倒了一杯又一杯，酒壺裡的酒卻似乎一點也沒有減少，依然源源不絕。

小七心中嘖嘖稱奇，這位客人的法術和老道士一樣高明。

而另一位客人也不甘示弱，「只有月亮陪我們喝酒，是不是很寂寞？不如我們邀請月亮上的嫦娥仙子來作伴？」

他說著隨手拿起一根筷子，扔進牆上的紙月亮裡，只見一位美女緩緩從月光中走出來，起初個子小小的，大約只有三十多公分高，但她一邊走一邊變大，等落地時已經和一般人差不多高。

仙子舞動著纖纖細腰，翩翩起舞，接著又唱起歌，聲聲清亮悠揚，所有人都陶醉不已。一曲唱完，盤旋而升，在大家驚訝的眼光下，跳上桌子，又變回一根筷子。

「這是一場夢嗎？」小七看在眼裡，心臟都快跳出來了。

老道士和朋友們一起拍掌大笑。「今天晚上真是太痛快了！」其中一位客人說，「但是我酒量淺，恐怕醉了走不動，不如咱們一起到月宮裡再好好喝幾杯，當作為我餞行怎麼樣？」

他話才說完，三個人連同座席酒菜一起飛入紙月亮裡，三個人的眉毛和鬍鬚都照得清清楚楚，就像映在鏡子裡一般。

小七心中一亮，這兩位客人八成都是仙人吧？

夜更深了，紙月亮的光越來越小，屋內漸暗。

有人趕緊拿燈燭來，只見一輪明月已消失無蹤，牆上留下一張薄薄的白色圓形紙片。屋裡也只剩老道士一個人，桌上還有些剩菜和果子，但兩位客人都不見了。

老道士吩咐徒弟們統統回房休息，明早還得去砍柴割草呢。

小七總算見識到老道士的法術，便打消了下山的念頭。

但又過了一個月，日子還是一如往常，除了砍柴還是砍柴，老道士依然沒打算教他半點法術。

小七再也忍受不住，跑去向老道士辭別：「師父，我千里迢迢跑來勞山拜師，目的是學法術，而不是砍柴。但我吃盡苦頭卻連一招半式也沒學到，我決定下山了。」

「瞧，我之前沒說錯吧？你果然吃不了苦。」老道士回答。

小七不甘心的說：「我不奢求學會『長生不老』這般的高等法術，但看在我辛苦多日的分上，您好歹教我一招小法術防身吧。」

老道士問：「你想學哪一招？」

其實小七老早就觀察到一個奇妙的現象——老道士出入各處都是直接穿牆而過，再硬再厚的牆壁也阻擋不了他，心中羨慕得不得了，便大聲說：「我要學穿牆術。」

老道士點點頭，穿行系的法術說難不難，但也算大有妙用。老道士便教了小七一句咒語，並叫他面對著牆壁唸一次，試試看靈不靈光？

「撞到牆，頭開花，快如閃電衝衝衝！」小七唸了咒語，但面對眼前一堵厚厚的牆壁，他全身僵硬，雙腳沉重，就像加了鐵鍊一樣，動彈不得。

老道士鼓勵小七：「再試一次。」

小七用力吸了一口氣，又唸了一遍咒語，往前走了幾步，但碰

到牆腳就過不去了。

「哎呀，練法術的人膽子要大一點！」老道士指揮著，「小七，你往後退幾步，低頭彎腰，不要猶豫衝過去。」

沒辦法了！不衝過

去，這段時間的辛苦都白費了。

小七後退幾步，心一橫、眼一閉，低頭往牆壁衝過去。但沒跑幾步，他又猶豫了——

「去！」老道士揮了揮袖子，一股熱氣射向小七。

小七煞不住腳往前衝，厚重的牆壁好像消失了，沒有任何阻擋。等他站定後，回頭一看，那堵牆已在身後。

「成功啦！成功啦！」小七立刻回屋向老道士拜謝。

老道士告誡他：「法術能拿來做好事，也能做壞事。你一定要潔身自好，千萬不可以向人炫耀，不然法術就不靈了。」

小七的心早飛了，隨口答應了幾聲，便下山回家。

幾天後，小七喜孜孜的回到家，但妻子見他渾身髒兮兮，而且兩手空空的回來，立刻垮下一張臉。

「沒見識的女人！」小七完全忘了老道士的交代，向妻子炫耀，「你知道嗎？這一趟沒白去，我學會了最酷最炫的穿牆術。」

妻子卻嘲笑他，這些日子不知道去哪兒鬼混了，一定是把錢花光了才肯回來。

「我說的是真的！」小七信誓旦旦，興沖沖就要表演給妻子看。

小七找了一堵牆，退後幾步，唸出咒語，然後低頭向前衝——

只聽到「碰」一聲巨響，小七四腳朝天倒在地上，額頭上腫了一個包，就像一顆大雞蛋。

小七又急又羞，哇哇大叫：「勞山老道不安好心眼，真是一個大混蛋！」

小七的妻子又好笑又心疼的說：「混蛋在哪兒不知道，倒是看見一個大傻蛋。」

改編自《聊齋誌異·勞山道士篇》

## 小狸筆記

「撞到牆，頭開花，快如閃電衝衝。」這句咒語超好記，一點也不難，但是小七一心想炫耀法術，法術就失靈了，頭上還撞了個大包，真是慘兮兮。

其實啊，我更想學老道士其他的法術，你看，他只用白紙剪了個圓形，居然就變出一個閃閃發光的紙月亮，多厲害啊！

而且仔細想想，只要學會這招，還有什麼東西得不到呢？

如果你是小七，你想和老道士學什麼法術？為什麼呢？

# 5 光速變身的黑羽衣

這天，小狸和花花興奮的衝向運動場，因為這堂課要上的是靈狸養成學苑最受歡迎的一堂課：飛天術。

既然想修練成仙，不學會飛天遁地怎麼行呢？

「不過，我們狸貓又沒有翅膀，該如何像鳥兒一般自在飛行？」

小狸想不通。

「這就要靠祕密法寶嘍！」白狸長老說，「來看看這位窮書生魚容是怎麼辦到的吧。」

「唉！唉！唉！俗語說，落難的鳳凰不如雞。果然百無一用是書生啊！」一位窮苦潦倒的書生又餓又累的倒在吳王廟的走廊下，憤恨不平的抱怨。

這位書生名叫魚容，半個月前去省城趕考。那個年代交通不發達，南來北往、舟車勞頓得花上好多錢，偏偏運氣不好，考試沒考上，旅費又不夠，當他要返回湖南家鄉時，走到半路身上就一毛錢都沒有了。他是個讀書人，拉不下面子向人乞討。幾天沒吃飯的他，走不動，餓得慌，路過吳王廟時，便到廟中暫時歇歇腳。

「喂！跟我來。」忽然有位軍官領著魚容進大殿，只見廟堂裡原本泥塑的吳王，此刻正神采奕奕的坐在殿上，指揮各路軍隊演練。那位軍官跪下稟報吳王：「黑袍部隊還缺一個小兵，不如讓這個人遞補上來。」吳王答應了，並賜給魚容一件黑袍。

黑袍的料子又輕又軟，看不出來是什麼材料織成的。魚容剛披上袍子，全身上下便冒出密密麻麻的黑羽，變成了一隻大烏鴉。他笨拙的不停拍打著翅膀，但是怎麼樣都飛不起來，還差一點摔跤。他又試了好幾次，忽然感受到羽尖有股風緩緩流動，

順著風勢，才呼呼呼的飛了起來。

吳王廟位在江邊，一大群烏鴉彷彿聲勢壯大的軍隊，在遼闊的江面上盤旋。

魚容趕快飛過去，和群鴉一起越過江面，降落在往來船隻的桅杆上。

「來吃吧！來吃吧！」

船上的旅客們爭相拿些碎魚碎肉往空中扔，群鴉嘩一聲飛起來，用嘴接個正著，吞下肚子裡。

魚容跟著烏鴉們覓食，一會兒就吃飽了，心滿意足的飛到樹梢上棲息，暗自想著：「原來當隻鳥也不錯，整日只需吃飽了睡，睡飽了吃，一點煩惱也沒有。」

這樣的鳥日子過了一陣子，吳王可憐魚容孤孤單單的，就為牠選了一隻雌鴉作伴。

這隻雌鴉名叫竹青，身形俊秀，羽毛烏亮，右腳上繫著一條紅繩，且聰明機巧，深得鴉群喜愛。兩隻鳥比翼雙飛，十分恩愛。

但魚容畢竟不熟悉鳥類的生活，每次覓食，都只盯著食物，一點警戒心也沒有。即便竹青一再提醒，魚容仍然毫不在意。

有一天，一艘兵船經過，士兵們用彈弓打鳥，一彈打中魚容的胸膛。「嘎——」魚容慘叫一聲，瞬間從空中掉了下來。幸好一旁的竹青迅速飛過來，銜著魚容飛走。

烏鴉們非常氣憤，如漫天黑雲湧來，一起搧動翅膀，掀起狂風巨浪，兵船轉眼間便翻覆在波濤之下。

但魚容的傷勢實在太重，即使竹青緊緊守護，不時叼些食物來餵牠吃，勉強撐了一天還是死了。

當魚容嚥下最後一口氣時，彷彿從一場大夢中醒來，他張開眼睛，發現自己竟又恢復成人形，躺在吳王廟裡。

「這人是不是死了？」一群香客圍著魚容七嘴八舌的談論著。

原來魚容一動也不動的躺了很久，大家本來以為他已死，但摸摸身體卻沒有變冷或僵硬，正不知該怎麼辦時魚容就醒了。大家問明他的難處後，便湊了些錢送他回鄉。

三年後，魚容再度北上考試，又經過吳王廟。他想起從前，如夢似幻，特別到廟裡參拜，並擺上食物，呼喚鴉群一起下來吃，他默默在心裡祈求：「如果竹青在這裡，請留下來。」

但烏鴉們吃完後，便拍拍翅膀飛走了，一隻也沒留下，也沒看見竹青的身影，讓他大失所望。

魚容繼續趕考，這次不負眾望，終於考上了舉人。

他衣錦回鄉，途中也沒忘記再去吳王廟裡參拜和叩謝，這次他獻上豬、羊等豐盛的供品，並招待當年的烏鴉夥伴們好好大吃一頓，也盼著竹青來相見。

可惜竹青依然沒有現身，魚容失望的離開吳王廟，乘船南下。

當夜小船停靠在洞庭湖邊，他在燭光下想念著竹青，忽然一隻烏鴉飛落桌前，變身為一位二十多歲的清秀佳人，深情的望著他說：「夫君，這麼久沒見了，您還好嗎？」

魚容揉揉眼睛，不敢相信的問：「你是誰？難道是竹青？」

女子點點頭，拉起裙襬露出右腳的紅繩說：「您認不出我嗎？」那是當年吳王親手繫在竹青腳上的。

魚容又驚又喜，問東問西，想知道竹青這幾年過得好不好？

「我已修練成仙，現在是漢江女神，」❷竹青說，「因為路途遙遠，很少有機會返回故鄉。幸好烏鴉們三番兩次傳來消息，我才能趕過來與您相會。」

魚容恍然大悟，多虧重情重義的烏鴉朋友，夫妻倆才能團聚。

魚容和妻子久別重逢，再也不想分開。但兩人的家鄉相隔千里，魚容打算帶竹青回老家，竹青想邀魚容到漢江居住，一個往南、一個朝西，兩人商量許久都沒有結論，魚容不知不覺便睡著了。

第二天早上，魚容一覺醒來，發現自己不在小船上，而是在一座華麗的廳堂中，四周圍繞著金光燦燦的火燭。他大吃一驚的問：「這裡是什麼地方？」

竹青回答：「這裡是漢江，我的家就是您的家，何必要回遙遠的南方呢？」

魚容又問：「我僱的船和船夫呢？會不會不等我就離開了？」

竹青說：「不用擔心，我會派人轉告他的。」

竹青把魚容留在身邊，日日一起品嚐山珍海味，還一塊遊山玩水，過著神仙眷侶般的生活。

而另一頭，船夫從夢中醒來，發現自己和船已經到了漢江，驚訝得不知如何是好。他想把船開走，但繫在岸上的纜繩怎麼也解不開，只好乖乖待在船上等著。

但日子一久，魚容念著家鄉的老母親無人照顧，忍不住頻頻嘆息：「走還是不走？」

「我有個辦法，」竹青拿出一件黑色的舊袍子，交給魚容說，

「您記得這件以前穿過的黑袍嗎？我還好好保存著。當您想念我的時候，穿上它就可以飛過來，等您到的時候，我再幫您脫下來。」

「哎呀，我怎麼沒想到？」魚容嘲笑自己呆，沒錯，化身成鳥兒就可以自由的飛來飛去了。

離別在即，魚容喝得爛醉，不省人事。也不知睡了多久，魚容醒來，赫然發現自己已回到小船上，船夫也在。更令人吃驚的是，小船還停靠在當時夜宿的洞庭湖畔。

「這又是一場夢嗎？」魚容正迷惘著，發現枕邊有個包袱。他打開一看，裡面除了竹青親手縫的新衣和鞋襪，還有那件舊黑袍。他又發現腰上繫著一個繡花口袋，伸手一摸，裡面竟是滿滿的銀錢。「竹青已貴為女神，還處處為我著想啊。」魚容感動得掉下眼淚，吩咐船夫繼續向南航行，返回家鄉。

魚容回家後，每當思念竹青，便悄悄的穿上黑袍，腋下立刻長出一雙翅膀，化為烏鴉沖上天空。他的翅膀似乎有魔力，飛行速度極快，大約幾個小時便能飛到漢江。而竹青幫魚容脫下黑袍時，他滿身的羽毛一下子便全都脫落，瞬間變回人形。

後來竹青懷孕，生下了一個可愛的男孩。男孩出生時裹著厚厚的胎衣，看起來就像包在一個大蛋殼裡。仔細想想也不奇怪，畢竟竹青曾是一隻鳥啊！

漢江各處的女神們紛紛來祝賀，並帶來許多稀奇的賀禮，像是七彩鱗片串成的錦衣、人魚眼淚化成的珍珠等珍寶。而最好的禮物，是她們輪流用拇指按一下孩子的鼻子，一一替孩子「增壽」，祝福他一生平安健康、長命百歲，這不就是天下父母最大的心願嗎？

改編自《聊齋誌異．竹青篇》

---

❷ 漢江，亦稱漢水，是長江流域中最長的支流，屬於長江中游的水系，於湖北漢口注入長江。故事中竹青的宮殿即位於湖北的漢陽。

## 花花筆記

哇！有了這件黑羽衣，就像插上一雙翅膀，能自由自在的飛翔，還能體驗一下鳥類的生活，感覺挺有趣的。不過，鳥兒的生活真的像魚容說的一樣，只需要吃飽了睡、睡飽了吃嗎？

話說回來，吳王為什麼要訓練這些黑羽軍隊？讓烏鴉來幫忙打仗有什麼好處或壞處？

竹青既然已成了女神，為什麼還要回來與魚容團聚呢？說說看你的想法吧。

# 6 菊花精靈的預知術

靈狸養成學苑第六堂課——修仙必備的預知術。

「如果有了預知術，就能提前知道獼猴大爺哪天不在家，方便我們偷溜去摘水果啦！」小狸滿腦子都是吃。

「哼！本大師教你們這些仙術，可不是讓你們搗蛋用的！」白狸長老吩咐小狸和花花，「你們兩個，每天上課前，先去後山花圃清掃落葉，幫花草樹木澆水和修枝，趁機觀察自然的變化，好好學學一葉知秋、見微知著的本事吧！」

農曆九月，又稱菊月，正是菊花盛開的時候。

「採菊東籬下，悠然見南山……」馬子才捧著一盆菊花，喃喃唸著陶淵明的〈飲酒詩〉。

老北京城的人都知道，城裡有位愛花成痴的馬子才——他不愛別的花，單單迷戀菊花。不為什麼，只因菊花不僅高雅芬芳，也象徵著文人雅士淡泊名利的悠然心境。

馬子才不算有錢人，家裡只有一棟祖傳老屋和幾畝荒地而已，平日裡和老婆省吃儉用的過日子。但是他只要聽說哪兒有漂亮的菊花，或是哪兒有稀奇的品種，不管隔了幾千里路也要去抱一盆回來，即便花光身上的錢財也不吝惜。

有一次，家裡來了一位從金陵來的客人。客人看了滿園的菊花，對馬子才說：「你知道嗎？世上大約有近二百種菊花，顏色和花型各有特色，白的高雅、黃的亮麗、紫的嬌豔……絢麗多姿，美不勝收。不過我南方的表親家育有幾種稀有的名菊，我在北方還沒有見過呢。」

馬子才一聽，心動不如趕快行動，立刻跟著那位客人回南方，千方百計的討了兩株菊花苗，當作寶貝一樣捧著回家。

回家途中，他遇見一位身穿黃衫、俊雅瀟灑的年輕人。他騎著驢子，跟在一輛馬車後面。

兩人互相打招呼，馬子才問：「這位公子要去哪兒？」

年輕人回答：「我是陶三郎，車裡的是我姊姊。姊姊在南方住膩了，想要去北方走走。」

原來是同路的旅人。陶三郎看了馬子才手上的菊苗說：「其實無論什麼菊花品種都是好的，但花朵長得好不好，關鍵還是在於如何栽種和照顧。」陶三郎說著，和馬子才談論起培土、育苗、修枝、灌溉等等栽植菊花的技法。

馬子才一聽便知道遇上了高手，立刻邀請陶三郎姊弟回北京同住，以便多多討教。

陶三郎到車前跟姊姊商量。只見車簾掀開，露出一張花朵般的秀麗面孔，隱約之間還能聞到淡淡清香。女子看起來大約二十歲的模樣，她對陶三郎交代：「房子小一點沒關係，可是院子一定要大。」

馬子才立刻答應了，於是三人一同回到北京。馬家南邊有塊荒蕪的園子，裡邊有幾間小屋，剛好符合陶家姊姊的要求，便讓他們搬過去住。

為了感謝馬子才，陶三郎每天都到馬子才家幫忙照料院裡的菊花。馬子才雖然愛菊，但是不懂如何照顧它們，許多菊花都已枯萎，陶三郎把枯死的花連根拔出來，重新種到土裡，日日細心澆灌，居然一一起死回生。

馬子才見陶家貧困，雖然自家也不富裕，但仍然每天邀陶三郎一同吃喝，妻子也不時送給陶家姊姊一些米糧。陶家姊姊小名黃英，不僅國色天香，而且談吐高雅，很快就和馬夫人熟起來，常常一起縫補衣物、整理家務。

過了一陣子，有一天陶三郎對馬子才說：「我們姊弟倆寄居在你這兒，老是吃你的喝你的，日子一久恐怕會拖累你們夫妻。」

「怎麼這麼說？」馬子才連連搖手，「你可幫了我大忙呢。」

「我想了個主意，」陶三郎說，「不如我們一起種花賣花，賺些錢來維持生活？」

但是馬子才天生有股傲氣，他蒐羅菊花只因喜愛，不願意把菊花當成商品，更看不起提出這個主意的陶三郎，嫌棄的說：「貪財的傢伙！我原以為你是位愛花的君子，哪想到你居然為了幾個錢，想出這種餿主意？簡直是汙辱菊花。」

「賣花有什麼不好的？」陶三郎不服氣的反問，「我用自己的雙

手種花、賣花，自食其力，不搶不偷，怎能說我貪財呢？」

但馬子才腦袋打了一百個結，不同意就是不同意，原本惺惺相惜的兩人，中間築起了一道高牆。

從此陶三郎不再到馬家吃飯，只把馬子才扔掉的殘枝、劣種撿回去。

不久秋日到來，陶三郎

園裡的菊花開得燦爛，黃的、白的、粉的……應有盡有。來買花的人絡繹不絕，有的用車裝，有的用肩挑，陶家門前人馬喧譁，就像鬧市一般。

「好好的花園成了菜市場？」馬子才被吵得滿肚子不開心，他隔著圍牆偷瞧，「咦？這些菊花的花色從未見過，好像是新的品種。」

「姓陶的真是個貪心鬼！」馬子才心生厭惡，想要和陶三郎絕交，但又覺得納悶，他到哪兒找來這些菊花品種？

「是不是背著我偷藏起來的？」他氣沖沖的跑去陶家理論。

沒想到，陶三郎一開門，便拉著他的手跑到院子裡。只見原本荒蕪的半畝院子幾乎全變成了花圃，而之前被採摘一空的菊畦，又插滿了新的枝條，含苞待放的花朵布滿枝頭，又大又鮮豔。

馬子才細細辨認了一會兒，才發現園裡種的菊花，都是用他扔掉的殘枝劣種重新栽種的，並非新品種。

「對不起，我一直錯怪了你。」馬子才覺得很不好意思，陶三郎卻毫不在意，邀請馬子才在菊花園裡喝酒賞花。席上每一道菜都是姊姊黃英做的，菜裡摻著茉莉、玫瑰花辦，芳香四溢。馬子才忍不住問：「黃英美麗又能幹，怎麼還不結婚呢？」

「姊姊結婚的時間還沒到呢！」陶三郎隨口答道，「要等四十三個月以後。」

馬子才想追問原因，但陶三郎不肯多說，只是笑著勸他喝酒，一杯接一杯，最後馬子才喝醉，倒在花圃下睡著了。一覺醒來，只見昨日園裡新插的花枝，竟像變魔術般已長到三十多公分高。

「哇！怎麼這麼神奇？可以教教我嗎？」馬子才苦苦向陶三郎請求祕訣。

但陶三郎搖頭說：「這是祖傳祕方，不可以告訴別人，也無法說得清楚。況且你又不靠種花謀生，不需要知道這種方法。」

馬子才聽了便不再追問。

又過了好幾天，來買花的人越來越少，陶三郎用蒲蓆將園裡剩下的菊花捆起來，裝上馬車，到外地去賣花。

直到過完年，春天過了一半，陶三郎才再次回到北京。他並不是空手而歸，而是載著一車南方的花草回來。

他在城裡開了間花鋪。北方人從沒看過這些花，覺得新鮮又奇特，不到十天的時間就統統被搶購一空。他也繼續種菊花，之前那些來買菊花的人，不論如何悉心照顧，即使留下了花根，都不再開花，第二年只能再向陶三郎購買新的菊花。

陶家花铺

如此一來，陶三郎生意越做越好，再也不需要靠馬家的接濟，甚至翻修了大房子，並購置了一大畝花田。

轉眼秋天又來了，菊花迎風搖曳，陶家花園裡又一片繁花似錦。陶三郎再度風塵僕僕的載著菊花去遠方販售，但這次出門後，很久都沒有再回來。黃英接手弟弟的工作，督促工人們繼續種植菊花，她的技術和弟弟不相上下，花鋪的生意依舊興隆。

這段期間，馬子才的老婆不幸去世了，他和黃英互相扶持、彼此照應，兩個孤單的人漸漸走在一起，愛苗也慢慢發芽。

有一天，忽然有位從廣東來的客人，幫陶三郎捎來一封信。

馬子才拆開一看，信上寫著希望馬子才迎娶黃英。

這封信來得突然，馬子才反覆細讀，忍不住驚叫：「哎呀！怎麼這麼巧？」

他發現陶三郎寫信的日子，正是妻子死去的那天，他又回想起兩人從前在菊園喝酒的情景，算一算，到現在正好是四十三個月。

「難道陶三郎有未卜先知的預知術？」馬子才趕快把信拿給黃英看，黃英倒也不驚訝，點頭答應了這樁婚事。

婚後黃英做主，將兩邊的房舍和院子併在一起，大肆整修成一座寬闊的大宅院，夫妻倆一起過著安樂幸福的生活。唯一的遺憾是陶三郎遲遲未歸，也不知如今人在何處。

過了一年，剛好又是菊花盛開的時節，馬子才有事到金陵，早上路過一間花鋪，裡頭菊花品種繁多，而且都長得非常好。

「該不會是陶三郎栽培的吧？」馬子才心中激動，推門而入，果然看見風采翩翩的陶三郎。兩人久別重逢非常高興，一一細訴別後情況。馬子才邀請陶三郎一同回北京，和黃英三個人一起生活。

「金陵是我的故鄉，我打算留在這裡成家立業，不回去了。」陶三郎拿出一袋錢說，「這是我賣花存的一點錢，麻煩你帶給姊姊。」

馬子才不死心，再三勸道：「自從你離開後，黃英嘴裡不說，但日日對著菊圃嘆氣，我看得出來她非常想念你。」
陶三郎這才答應，盡快把店鋪賣了，和馬子才租船北上。
一個月後，當他們倆回到家時，發現黃英已把一間屋子打掃乾淨，並鋪好床墊被褥，好似早知弟弟就快回來了一般。
馬子才暗暗稱奇，心想：「陶家姊弟好像都有預知能力啊？」
陶三郎回北京後，不再四處奔波，每天只與馬子才下棋喝酒。但奇怪的是，不管陶三郎喝了多少酒，卻從來沒喝醉過。馬子才不服輸，找了一位酒量奇大的朋友，和陶三郎較量一番。兩人盡情的喝個痛快，一杯接一杯，各喝了一百多壺。那位朋友爛醉如泥，倒在椅上呼呼大睡，陶三郎則起身回房，經過院子時，一腳踩在菊花圃上，摔了一大跤，衣服散落一地，身子竟變成了一朵菊花。

這朵菊花可稀奇了，花莖又粗又壯，長得跟人一樣高，花枝上開了十幾朵花，朵朵都比拳頭大。

一旁的馬子才非常驚駭，跑去告訴黃英。

「糟了，怎麼醉成這個樣子？」黃英急忙趕到院裡，拔出菊花放在地上，拿衣服蓋好。

「走吧，任何人都不可以偷看。」黃英拉著馬子才離開，並把院子四周的門都鎖上。還好那時夜已深，僕人們早已睡著，沒有驚動任何人。

馬子才熬到天亮，趕過去查看，只見陶三郎睡在花圃旁邊，而那朵巨大的菊花已不見蹤影。滿園菊花悠悠吐著芳香，馬子才心中一亮，回想起第一次去金陵抱回的兩株菊花苗，當時馬車上傳來的淡淡清香，還有自從遇上陶家姊弟倆，稀奇古怪的事便接二連三的發生，莫非陶家姊弟倆不是人類，而是傳說中的菊花精靈？

改編自《聊齋誌異・黃英篇》

## 小狸筆記

咦？原來故事裡的陶家姊弟都是菊花精靈啊，從故事中的哪些地方能看出來呢？

剛開始，陶三郎想賣菊花，馬子才為什麼不同意？你覺得馬子才的想法對嗎？

想一想，化身為陶家姊弟的菊花精靈，為什麼會選擇與馬子才當好朋友呢？

# 7 暗黑系的化妝術

「長老，狸貓學什麼化妝術呢？」小狸歪著頭，不解的問，「變身術才是我們必修的招牌法術吧？」

「這堂課不是教你們如何化妝，」白狸長老解釋，「是教你們如何分辨惡鬼的偽裝，好讓自己避開危險。」

這堂課恐怖指數偏高，是《聊齋誌異》中最驚心動魄的鬼故事之一，究竟是真是假，沒人知曉，不過故事中揭露的「知人知面不知心」的道理，倒是千真萬確，一定要謹記在心。

◎◎◎

清晨，天濛濛亮，公雞還沒啼叫，王大郎就出門散步了。

王大郎輕快的走著，小路上一個行人也沒有，路旁的野花一簇簇的，綻放著鮮豔的花朵，散發著誘人的芳香。

忽然一陣倉促的腳步聲打破四周的寂靜，一位小娘子抱著包袱跑過來。

「奇怪，這位小娘子怎麼會大清早一個人趕路呢？」王大郎好奇的打量，她大約十六、七歲，雖然滿臉驚惶、頭髮散亂，但掩不住原本嬌俏可愛的模樣。

她一邊走一邊回頭張望，好像後面有可怕的野獸在追她。

王大郎追上去問：「小娘子，你要去哪兒？需要幫忙嗎？」

「我也不知道要去哪兒。」小娘子低下頭，輕聲啜泣，「我是個苦命的女孩，爸媽為了錢把我賣給一戶有錢人家當丫鬟，但那家的女主人很凶，一天到晚不是打就是罵，讓我痛苦不堪。」

「我實在受不了，只好趁半夜逃出來，但不知道要逃到哪兒？我好害怕再被抓回去。」小娘子一邊說一邊哭，看起來好可憐，讓王大郎的心都揪起來。

「別怕，我家就在這附近，你可以先到我家躲一陣子。」王大郎最怕女孩哭，便把她帶回家。

王大郎帶著小娘子穿過深宅大院，走進一座僻靜的小院落。

「咦？這裡怎麼一個人都沒有？」小娘子問。

王大郎回答：「這裡是我的書齋，平時只有我一個人。」

「謝謝，」小娘子握著王大郎的手說，「求求你可憐我，千萬不要告訴別人我藏在這裡。」

小娘子臉紅紅的，眼角含著淚，彷彿晶瑩的露珠。

「真漂亮的小娘子。」王大郎心一動，想起路邊嬌豔的野花，一把將她擁入懷中。他答應小娘子想住多久就住多久，並且不准家人靠近書齋一步。

過了一陣子，王大郎到市集上買東西。一位老道士迎面而來，拉著他說：「哎呀，年輕人，你最近是不是碰到了什麼鬼東西？渾身上下圍繞著濃濃的妖氣。」

「沒有啊！」王大郎莫名其妙，這個老道士不知在胡說什麼。

「真的？你有沒有遇到什麼陌生人？」不管老道士怎麼問，王大

郎都一個勁兒猛搖頭。

「真是個糊塗鬼！連自己大禍臨頭都不知道。」老道士搖搖頭，飄然而去。

王大郎見老道士說得古怪，心中浮現一個身影，「他說的該不會是小娘子吧？她明明是個嬌滴滴的小美女，怎麼可能是妖怪？」

「哼！老道士滿嘴胡說八道，八成是想找個藉口，要替我作法除妖來騙錢！」王大郎嘴巴硬，但心裡越想越不安，偏偏回到書齋，又發現小院的門從裡面被堵死。

「咦？書齋裡不是只有小娘子嗎？她堵著院門鬼鬼祟祟的做什

麼？」王大郎疑心一起，就像點燃一大串爆竹，老道士的警告彷彿在耳邊劈里啪啦響個不停。

他悄悄從牆上跳進院子，輕輕推了推書齋的門，發覺門也是鎖上的。於是他躡手躡腳的走到窗前，偷偷往裡頭瞧——

哎呀！只見一個青面獠牙的惡鬼，在床上鋪了一張人皮，手上握著一枝筆，沾著顏料在皮上細細的描畫著髮絲、眉毛和眼睛……

青面鬼畫完後，把筆一扔，拿起人皮，好像抖衣服似的，抖一抖披在身上，瞬間變成了小娘子的模樣。

王大郎嚇得雙腿發軟，趴在地上，像小狗般哆嗦著從牆下的小

洞爬出去。

王大郎跑回市集找老道士求救，但他已不知去向。王大郎四處尋找，最後終於在郊外找到了。他撲通一聲跪下，哀求說：「老仙人，求您救救我啊！」

王大郎把遇到小娘子的事情一五一十的告訴老道士。

「唉！」老道士聽了直嘆氣，「說起來這個鬼東西也挺可憐的，好不容易剛找了個替死鬼，我也不忍心奪走它的性命，但不能任由它去害人！」

老道士把手上的拂塵交給王大郎，並交代道：「這枝拂塵具有驅魔的功效，你把它掛在房門上，就能趕走那個鬼東西。」

老道士和王大郎約好，萬一發生什麼事，可以到附近的廟裡找他幫忙。

雖然有了護身寶，但他哪敢再跨進書齋一步？王大郎回到家，先把事情經過告訴家人，然後躲進臥房，把拂塵高高掛在門外，並用家具堵住房門。

夜深了，王大郎越想越害怕，躲在帳子裡，不敢動彈。

忽然房門口傳來一陣輕輕的腳步聲，王大郎從窗角偷偷往外看，只見小娘子站在門口，不敢往前走，咬牙切齒的盯著那枝拂塵，過了很久才恨恨的離開。

「真可怕，幸虧有那枝拂塵。」王大郎剛鬆了口氣，沒想到小娘子又折回來了。

「臭老道，居然想嚇唬我？」她指著拂塵罵，「哼！好不容易到嘴的肉，哪有吐出來的道理呢？」

她伸手摘下拂塵，摔個粉碎，撞破房門闖進屋裡。

「救命啊！」王大郎叫聲還沒停，小娘子已露出青面獠牙的鬼模樣，撲到床上把他殺了。

王大郎的弟弟王二郎就住在隔壁，他聽到動靜趕過來，拿著燭火查看——

只見哥哥癱在床上，胸口破了一個大洞，早已沒了氣息。

二郎立刻趕往廟裡，找老道士幫忙抓鬼。

「可惡的鬼東西！虧我之前還可憐它，它反而膽大包天的去殺人？」老道士聽了怒火中燒，跟著二郎奔回王家，但無論怎麼找都找不著小娘子，好像憑空消失了一樣。

「等一等，這個鬼東西還沒走。」老道士抬起頭，仔細檢查，發覺隔壁隱隱傳來一股血腥之氣。

「隔壁是誰的屋子？」老道士問。

王二郎說：「是我家。」

「那個鬼東西就藏在你家裡。」老道士抽出一把木製的斬妖劍，匆匆奔到二郎家。

「鬼東西，快賠我拂塵！」老道士高舉木劍，站在院子中。

他話剛說完，一位老婆婆臉

色鐵青、慌慌張張的跑出屋子，往大門口逃。

「哪裡跑？」老道士趕上去，一劍刺中老婆婆。

「嘩啦」一聲，整張人皮從老婆婆身上脫落，一個青面獠牙的惡鬼倒在地上，像豬一樣號叫。

原來那個惡鬼殺了人後，一直躲在王二郎的家裡。它趁二郎趕去寺廟時，化身為一位幫傭的老婆婆，混在僕人當中。

「哼！這次一定要澈底消滅你，免得你再出來害人。」老道士不罷休，一劍砍下鬼腦袋。

一場驚心動魄的人鬼大戰終於有了結局。

大家定下神，仔細看了看那張人皮，有眉毛、有眼睛、有手有腳……精細無比，唯妙唯肖，讓人忍不住又驚又嘆。

「害人之心不可有，自作自受罪難當。」老道士把整張皮像畫卷一樣捲起來裝入口袋，然後大袖飄飄、腳不沾塵的走遠了，消失得無影無蹤。

改編自《聊齋誌異‧畫皮篇》

# 小狸筆記

天啊！如果我和王大郎一樣，被惡鬼的外表給蒙蔽那就真的慘了！不過，該如何像老道士一樣，一眼就分辨出真假善惡呢？

其實世上沒人見過鬼，但碰上壞人的機率可不小，也不易分辨。有的壞人花言巧語，有的善於偽裝，讓人防不勝防。如果無意間發現了壞人的真面目，你會怎麼辦？立刻拔腿就跑？或者假裝不知情，設法找機會求救？還是想辦法靠自己的力量打敗他呢？

# 8 花狸狐哨的攻防術

這堂是實習課，白狸長老特別邀請了三位大師親臨指導。

小狸和花花走進教室，卻沒看到任何一位「大師」的蹤影。

他們正納悶著，忽然間，門窗、課桌椅、天花板、地板劇烈震動，發出「砰砰砰」的聲響，空中還落下一顆顆花生殼。

「地震嗎？」小狸和花花迅速鑽進桌下。

白狸長老卻哈哈笑，對著空中大喊：「歡迎三位大師。」

他話還沒說完，三隻狐狸從空中一躍而下，一隻老，一隻小，一隻有九條尾巴。

白狸長老說：「狐狸愛搞怪，花招百出樣樣精，除了隱身術外，還獨家鑽研各種魅惑術，保證迷死人不償命。」

## 第一招　隱身術

南京有個小酒商，為了多賺點錢，動起歪腦筋，每次釀酒都會偷偷灌水和摻入迷藥，一方面讓酒量變多，一方面喝了更容易醉。

因此不管是酒量多好的人，只要喝了他家的酒，保證才喝幾杯便爛醉如泥。

「好酒啊！」無知的客人以為是陳年好酒，爭相上門買酒。小酒商也因此錢賺飽飽，越來越富有。

有一天大清早，小酒商起床巡店，看見一隻狐狸醉倒在酒槽旁，呼嚕呼嚕的大聲打呼。

「咦？這隻狐狸怎麼跑進來的？」小酒商找了捆粗繩子，趁狐狸熟睡，把牠的四隻腳牢牢捆住，然後轉身拿把刀子，打算宰了牠。

這時狐狸慢慢清醒了，牠哀求酒商說：「請不要殺我啊！你有任何要求儘管提，我都會答應的。」

小酒商倒也膽子大，心想這個交易很划算，便鬆開了綁住狐狸的繩子。

狐狸一脫身，立刻跳起來，搖身一變成了人的模樣。

小酒商心裡一驚，原來這隻狐狸會變身術，混在酒客中也不稀奇。他想起最近大家傳得沸沸揚揚的謠言，巷子裡孫家的大媳婦被狐狸精迷住，整個人變得瘋瘋癲癲，而狐狸精卻來無影去無蹤，怎麼抓也抓不到。

小酒商問狐狸：「你知道那隻狐狸精嗎？」

狐狸倒也老實交代：「就是我。」

小酒商起了壞心眼，他曾偷看過孫家的小媳婦，比大媳婦更漂亮，便要求狐狸帶他進孫家，偷看小媳婦洗澡。

「不行，你一定會被人當場逮個正著的。」狐狸連連搖手，但小酒商堅持要去。

「好吧，你跟我來。」無奈的狐狸只好帶他一起走。

狐狸先將小酒商帶進一個山洞，拿出一件褐色的衣服，交給他說：「這是我死去的哥哥留下來的衣服，穿上它便可以隱形了。」

「真的假的？這件衣服看起來很普通啊。」小酒商立刻試穿，他穿上狐衣回家，果然家人統統看不見他，好像透明人一樣。等他換回平常的衣服，才又顯露出身子。

小酒商換上狐衣，興沖沖的和狐狸一起前往孫家。他們剛拐過彎，就看見孫家門口貼著一道大大的符咒，上面畫著一排歪歪扭扭的符文，看起來好像一條盤旋的龍。

「這個和尚好厲害，我不敢進去了。」狐狸嚇得掉頭就跑，再也不敢回來。

小酒商怯怯的靠近一看，只

見一條真龍盤旋在牆上，昂著頭好像隨時要撲過來的樣子。

「我是人，不要捉我。」小酒商飛快的逃回家。

原來孫家派人去外地請了一位高僧來驅狐，高僧人還沒到，先給了一道鎮妖符，叫人帶回來貼在門口，防止狐妖進入。

第二天，高僧一到孫家便開壇作法。附近的鄰居都來看熱鬧，小酒商也隱身在人群裡觀望。忽然高僧鼻頭動了一下，好像聞到什麼味道，眼睛望向小酒商。小酒商臉色大變，慌張的奔逃，好像後頭有人在捉拿他似的。他跨出大門，狠狠摔了個跟頭，四肢趴在地上，變成了狐狸，身上還穿著人類的衣服。

「原來這個酒店老闆就是狐狸精啊！」人們恨狐狸精害人，紛紛拿刀拿棍，喊打喊殺。

最後，在小酒商的妻兒不停叩頭懇求之下，高僧才讓他們把狐狸牽回家，每日餵食，但沒過幾個月，狐狸還是死了。

改編自《聊齋誌異．金陵乙篇》

◎◎◎

## 第二招　黃金雨

濱州有個窮秀才，整日窩在小小的書齋裡念書，朗朗的讀書聲從不間斷。

有一天，門外傳來「叩叩叩」的敲門聲。「誰啊？」窮秀才覺得奇怪，書齋僻靜，少有人來。

他打開門，一位素未謀面的白髮老翁站在門口。老翁斯斯文文的，看起來不是一般的鄉下老漢。

窮秀才請老翁進門，問：「您是哪位？找我有什麼事嗎？」

「我啊，名字叫胡養真，」白髮老翁說，「但其實我不是人類，是狐仙，最喜愛讀書人。今天經過附近，偶然聽到你朗誦詩書的聲音，非常仰慕你的才華，因此特來拜訪。」

窮秀才萬萬沒想到，他的知音竟然是隻狐狸。窮秀才本性曠達，也不害怕，便留老翁住下。一老一少談古論今，十分暢快，老翁知識淵博，談吐高雅，時常引經據典，見解皆十分精闢。

「這位老狐仙學問真好啊！」窮秀才心中佩服。

傳說中狐仙本事大，有的可以一日跑千里；有的可以穿梁而過，不留痕跡；還有的能夠點石成金，如果這位老狐仙也有這樣的本事……窮秀才越想心越熱。

有一天，他忍不住向老翁求告：「我們住在一起這麼久了，您又如此厚愛我，難道眼睜睜的看著我一輩子當個窮光蛋嗎？您既是狐仙，只要肯施點小法術幫幫我，錢財不就滾滾而來了嗎？」

老翁聽了不作聲，一張臉垮了下來。

窮秀才本以為沒指望了，沒想到過了一會兒，老翁轉而笑嘻嘻的說：「這件事很簡單，但你需要先準備十幾枚銅錢當本錢。」

那還等什麼？窮秀才翻箱倒櫃，找出些銅錢拿給老翁。

「噓！這個法術很機密，不能讓任何人看見。」老翁拉著窮秀才一起走入密室，接著現出原形，「哇啦哇啦」的唸出一串咒語，一瞬間，數以萬計的銅錢，就從屋梁上嘩啦嘩啦的掉下來，好像下了一場暴雨，轉眼之間就淹沒了他們倆的膝蓋，剛拔出腳來又馬上淹沒腳踝。整間屋子地上積滿金光閃閃的銅錢，至少有一百多公分深。

「夠了嗎？」老狐仙回頭問秀才。

「夠！夠！夠！」窮秀才呆呆看著一屋子的錢，笑得合不攏嘴。

老狐仙聽了，手一揮，錢雨立刻就停止了，自己也變回老翁的模樣。

老翁鎖上門，和窮秀才一起出來。窮秀才心中吶喊：「發財了、發財了！」

他越想越開心，忍不住轉頭回密室拿錢。

但門一打開，滿屋的雨錢居然都不翼而飛，只剩下原來的那十幾枚銅錢。興沖沖的秀才彷彿被潑了盆大冷水。他大失所望，指著老翁大罵：「狡猾的老狐狸，為什麼騙我呢？」

老翁也生氣的回嘴：「我想和你當文友，又不是想和你一起當賊！你想不勞而獲，就去找小偷作朋友吧。」老翁說完，一甩衣袖，頭也不回的走了。

改編自《聊齋誌異・雨錢篇》

## 第三招　借物變化術

引「狐」入室是常見的狐妖入侵案型之一，在北京便有個著名的人狐鬥法現場。

事件的起頭很平常，北京有個大戶人家，主人想為孩子聘請家教，一位秀才親自登門應徵，自稱姓胡。主人見他談吐文雅，性情直爽，便留他住在家裡，督促孩子的課業。

這位胡秀才教書勤奮，知識淵博，但是常常出遊，直到深夜才回來，而且即使大門已鎖上，也沒聽到敲門聲，他卻能神不知鬼不覺的回到自己房間裡。

「這位秀才八成是狐狸精！」家人們又驚又怕，又不知怎麼開口趕他走，煩惱得不得了。倒是主人毫不在意，沒有戳破秀才的真面目，依然十分尊敬他，就像好朋友一般。

哪知道胡秀才另有主意，他看上這家人漂亮的小女兒，好幾次暗示主人想求親的意思，主人總假裝聽不懂，打算裝傻到底。

胡秀才不肯放棄，回家請親友來說媒。

那人牽著一頭黑驢來拜訪主人家，他大約五十多歲，衣飾華美，修養頗佳，看起來家世不差。那人再三請求，主人一直不肯點頭，最後被逼急了，只能坦白說：「我不是討厭胡秀才，只覺得他不是同類，不宜通婚罷了。」

那人聽了竟惱羞成怒，大吵大鬧，一把抓住主人扭打起來。

「快！拿棍子把這個人趕出去！」主人高呼家丁們趕人。

那人來不及牽驢子，便匆忙逃走了。

大家看看那頭驢子，毛色黑亮、大耳朵、長尾巴，體格健壯，牽也牽不動。家丁繞到後頭趕牠，沒想到，驢子一碰就倒，變成一隻蟈蟈兒，吱吱叫個不停。

「原來是用法術變成的。」主人想想不妙，狐狸精一定會來報仇的，叫家丁們小心戒備。

第二天，果然來了一大群狐兵，有的騎馬、有的步行、有的拿刀拿戈，還有的拿弓箭，人喊馬嘶，氣勢洶洶的衝過來。

主人沒見過這等場面，嚇得躲在屋裡。

狐狸們一邊點火，一邊叫戰：「膽小鬼，再不出來，我們就要燒房子了！」

主人更害怕了，一個勇猛的家丁率著眾人衝出來，不停的朝狐兵們射箭和丟石頭，狐兵們痛得哇哇叫，漸漸抵擋不住，紛紛扔下兵器逃走。

那些兵器刀光閃閃，亮如霜雪，但大家撿起來一看，居然只是一片片高粱葉。

「哈哈哈，狐兵的本事就這麼點大？」大伙兒又氣又好笑，但怕狐兵再耍什麼花樣，也不敢放鬆戒備。

第二天，大家正聚集商討戰術時，一個三百多公分高的巨人突然從天而降，揮舞大刀砍上門，見一個砍一個。大家趕緊反擊，羽箭和石頭像暴雨般射過去，巨人失去平衡，跌了一跤，倒下來動也不動。

大家走近一瞧，笑說：「哈，原來這傢伙是茅草紮的！」

家丁們越發輕視狐狸，狐狸也連著三天沒再上門挑釁。正當大家稍微放鬆警戒，主人上廁所時，一群狐兵突然躍上牆頭，張弓搭箭，亂箭齊發，朝他的屁股猛射一通。

「救命啊！」主人屁股上插滿箭，驚慌失措的求救，大家趕忙跑過來，狐兵們才匆匆退走。

主人將箭拔下來一看，原來都是芒草桿子做的！他剛才雖然痛得哇哇大叫，實

際上卻毫髮無傷，頂多擦破一點皮而已。

「這群狐狸精真是胡鬧啊！」主人又慶幸又無奈。就這樣，狐兵們三天兩頭來鬧一次，一直鬧了一個多月，雖然沒有造成太大的損傷，卻得日日提防，煩不勝煩，這樣下去不是辦法。

有一天，胡秀才親自領兵來襲，他看見主人有點不好意思，便藏在狐兵當中。

「胡秀才，我們本來不是朋友嗎？」主人眼尖，向他喊話，「我們兩人沒有深仇大恨，何必苦苦相逼？而且婚姻是一輩子的事，不能強求。」

胡秀才想起之前主人的確待他如好友，慚愧的低下頭，打算退兵。主人很開心，這場「狐」鬧大戰終於結束，便大擺酒宴招待所有的狐狸們，大伙兒大吃大喝直到深夜，才紛紛離開，從此不再上門搗亂。

多一個朋友總好過多一個敵人，不是嗎？

改編自《聊齋誌異・胡氏篇》

## 小狸筆記

這堂課和狐狸前輩學到了好幾招，真是太棒了。前輩們各個是智慧型高手，不過個性卻和小孩一樣調皮，超級可愛的！

在他們的小故事中，有些是狐狸精故意搞破壞，有些則是人類貪心惹大禍，可不能只給狐狸貼上「壞蛋」的標籤喔。

其中我最喜歡「借物變化術」，而你最喜歡哪個法術，為什麼呢？

# 9 小書蟲的神奇布偶

白狸長老帶小狸和花花到藏書庫，一起整理珍貴的魔法祕笈。小狸捧著書在架上跳來跳去，一不小心，失手弄掉一本古籍。那本古籍翻倒在地上，書頁間竄出許多銀白色，形狀像魚的小蟲。

花花嚇得亂叫：「天啊！我最怕小蟲。」

「咦？」小狸仔細一瞧，「這幾頁是不是被這些小蟲咬爛了？紙上全是一個洞一個洞的。」

「千萬別小看牠們喔，」白狸長老說，「這些小蠹魚日日咬文嚼

字，認識的字保證比你和花花加起來的還多，所以蠹魚又被稱為書蟲。今天這堂課，就來看一對小書蟲兄妹的神奇法術吧！」

◎◎◎

從前，有位書生名叫俞慎，他遠赴都城趕考，在城外找了個僻靜的小屋，專心讀書準備考試。

有一天他正在讀書，看見對門走出來一位少年，膚色白皙，俊美如玉。

「沒想到這種小地方竟有如此耀眼的少年？」俞慎一連幾天都看

到那位少年，忍不住跑去找他搭話。發現少年不僅外貌出眾，而且飽讀詩書，談吐不凡。

俞慎愛惜少年的才華，拉著他的胳膊到自己屋裡，請他喝酒吃飯，並詢問對方的姓名和家世。

少年回答：「我叫俞士忱，字恂九，金陵人。」

俞慎拍手大笑說：「真巧，我也姓俞，不如我們結拜為兄弟，互相照應。」

少年也很高興有位哥哥，立刻答應了。

俞慎說：「太好了，我以後就叫你小九，一定會把你當成親弟

弟般疼愛。」

第二天，俞慎親自到小九家拜訪，只見屋裡滿滿都是書，桌上、椅上、書架上、地上都堆得滿坑滿谷，其他家具和用品皆十分簡陋，而且沒有半個僕人或書僮。奇怪的是，小九的每本書都有些破損的痕跡，但俞慎也不以為意，只當作是小九苦讀過的印記。

小九一邊請俞慎入坐，一邊往房內喊：「妹妹，快出來拜見俞大哥。」

只見一位年約十三、四歲的小姑娘從房裡跑出來，她的肌膚比哥哥更加白皙，比上好的白玉還晶瑩透亮。俞慎看她親自端茶出來，大概家裡也沒有丫鬟和女傭。

小九對俞慎介紹：「這是我唯一的妹妹素秋。」

「看起來這對小兄妹相依為命，家境貧困，連個幫傭也請不起。」俞慎又憐又惜，將食物和日用品都分一份給他們，並約好，「等我考完試，你們倆跟我一起回鄉吧。」

俞慎家裡歷代做官，家有田產，小九跟著他念書，將來保證一定有出息。

考試完畢，俞慎自知上榜無望，準備回鄉。此時正逢中秋佳節，小九請俞慎到家裡慶祝。他拉著俞慎進屋說：「大哥，今晚月亮又大又圓，素秋準備了些酒菜，我們一邊賞月一邊喝個痛快吧！」

素秋和俞慎打個招呼，放下簾子準備飯菜，只聽一陣鍋鏟聲響，素秋端出一盤香噴噴的好菜上桌。

俞慎站起來說：「哎呀，怎麼好意思讓妹妹來回奔忙？」

素秋聽了咯咯笑，烏黑的眼眸轉啊轉，轉身又鑽進簾子後頭。

過了一會兒，一個穿紅衣的小丫鬟捧著酒壺，另一個老嬤嬤端出一盤燒魚來。

俞慎驚訝的問：「她們是從哪裡來的？怎麼不早點出來幫忙，還麻煩素秋跑進跑出呢？」

「哈哈，妹妹又在作怪了。」小九笑著說，而簾後也傳來素秋嗤嗤的笑聲，俞慎完全摸不著頭腦，兄妹倆到底在笑什麼？

飯後老嬤嬤和小丫鬟出來收抬碗筷。俞慎喉嚨癢，咳了幾聲，不小心將口水噴到丫鬟衣服上，丫鬟立刻癱軟，軟趴趴的摔倒在地上，手上的碗筷菜湯全撒了。

「咦？我眼花了嗎？」俞慎大叫，盯著那個丫鬟看啊看，原來是個用布縫出來的小人偶，只有十幾公分高。

小九忍不住哈哈大笑，素秋也笑嘻嘻的跑出來，撿起地上的小布偶再跑回去。俞慎還沒回過神，不一會兒，小丫鬟又出來了，像剛才一樣幫忙收拾。

俞慎看得目瞪口呆，小九這才解釋：「大哥，這個丫鬟是素秋用布娃娃變出來的。她年紀小又愛玩，曾跟別人學了點小魔術。」

俞慎恍然大悟，也跟著笑了起來，覺得這個小女孩又聰明又可愛，真惹人疼。

過了幾天，俞慎收拾好行李，小九便帶著素秋跟他一起回鄉。

俞家雖不是大富大貴的人家，但也是當地有名的望族。俞慎叫僕人布置一間雅致的房間，讓兄妹倆安心住下來，又派了一個丫鬟專門照料他們。而俞慎的妻子一見到素秋也滿心歡喜，每日三餐都拉著她一塊吃，就像對待自家的小妹妹一般。

而令小九最高興的是，俞慎的藏書比他多好幾倍，整天拉著俞慎往書齋跑。他天生聰明，讀書可以一目十行，而且過目不忘，文章也寫得十分精采。

「小九，不要埋沒自己的才華，明年去參加科考怎麼樣？」俞慎鼓勵小九。

「大哥，我不想考試，也不想當官，」小九不肯答應，「我只是喜歡讀書而已。」

俞慎沒有勉強小九，但自己仍舊日夜苦讀，準備重考。可惜天不從人願，小九在俞家住了三年，俞慎日日用功，卻再次落榜。

「要在榜上掛個名字，為何會如此艱難！」小九忿忿不平的為俞慎叫屈，「我決定了，我要上考場，像馬一樣盡情奔馳，為大哥爭一口氣。」

俞慎聽了很高興，送小九赴考，而小九也不負所望，連連過關，場場都考了第一名，最終和俞慎一樣成為秀才，可以去都城參加大考。

小九從此聲名大噪，各地的人家爭相來提親。小九被捧得頭昏腦熱，忘了初衷，埋頭苦讀，一心只想再拚個第一名。

考完試，許多文人爭相抄錄傳誦小九的文章，他自己也信心滿滿，認為一定能考上。但這次幸運之神沒有站在他這一邊，小九和俞慎雙雙落榜。

放榜時，小九和俞慎正對坐飲酒，聽到消息，俞慎假裝笑笑不在意；小九卻大驚失色，胸口一緊，手上的酒杯砸在地上，一頭撲倒在桌子底下。

俞慎慌張的把他扶到床上，小九已經喘不過氣，閉著眼睛低喃：「我怎麼那麼傻，為了考試耗盡心力，把命都賠上了？」

小九奮力睜開眼，叫來素秋，握著俞慎的手說：「大哥，我要死了，只能拜託您照顧妹妹了。」

俞慎看著小九的模樣又後悔又心疼，花了重金為小九準備了一副上等的棺材。

小九氣息越來越弱，他低聲囑咐素秋：「我死了以後，你要立刻蓋上棺蓋，千萬不要讓任何人打開。」

小九說完便斷了氣，素秋照著哥哥的吩咐，請人幫忙把遺體安置妥當。

俞慎十分哀傷，但又覺得小九臨終前的遺言很奇怪，好像藏著什麼祕密。

他偷偷打開棺材，想再看小九一眼，卻發現小九的冠巾和衣袍變得又薄又透明，好像蟬或蛇蛻下的皮。他好奇的揭開來一看，啊！裡頭只有一條三十多公分長的蠹魚，全身僵硬的裹在其中。

俞慎這才明白，他雖和小九情同手足，卻不是同類。但這又如何？他和小九的情誼是真的，他發誓一生一世守護這個祕密，並好好照顧素秋，完成小九的遺願。

改編自《聊齋誌異．素秋篇》

## 花花筆記

哇！原來蠹魚這麼厲害。如果我有一位蠹魚朋友，是不是就好像擁有一整座書庫？聽他一席話，勝讀十年書，保證受益多多。

想一想，俞慎為什麼這麼喜歡小九兄妹？為什麼會想要幫助他們？你有沒有交情深厚的朋友？你為朋友做過什麼事呢？

九堂仙術基礎課，到這裡即將告一個段落。長老說，之後還會邀請幾位大前輩來為我們講學，我已經開始期待接下來的課程啦！

推薦文

# 「不以淺害意」的文學深度——讀《奇想聊齋》

文／黃雅淳（國立臺東大學兒童文學研究所副教授）

為什麼一本距今二百多年，且不以兒童為預設讀者的的古代文言小說，直到當代仍不斷被改編成文學、影音、遊戲等各種載體？這本被稱為「中國短篇小說之王」的文學經典究竟有什麼魅力，能讓歷代的創作者一再的從中獲得閱讀的樂趣與靈感，而透過自己的生命經驗和寫作技藝將之轉化與再創，傳承給新一代的讀者？

歷來許多優秀的兒童文學作品之所以能感動讀者，常常是因為作品與讀者的童年體驗共鳴，以及被作品的敘事和表現藝術所觸動。而劉思源這系列《奇想聊齋》又以怎樣的敘事手法，來傳遞經典對歷史的跨越性，讓當代的兒少讀者接收到文學經典在不同的文化語境中，仍能被觸動的某種意義與價值？

作者在這系列作品中採取雙線的結構敘事，外層的副線是狸貓兄妹到靈異山「靈狸養成學苑」跟著「白狸長老」修練法術的系列訓練課程。而貫穿此系列作品的主線，則是作為學院修仙祕笈的奇書《聊齋誌異》，以及其中令人目不暇給的仙靈、幻術、精怪與鬼妖的故事。既然是修練的課程，故每堂課白狸長老都施展幻術，讓狸貓兄妹穿越到書中的某個場景，提醒這堂課觀摩的修練目標，如障眼法、穿牆術、隱身術等。而每堂課後狸貓兄妹的筆記，則以兒童視角記錄、探討故事的本質或提出多元角度的疑問，以帶來思考的發散與延展。這樣的情節結構既能呼應兒童讀者日常的上學經驗，也豐富故事的敘事層次。

而作者在把握原著的精神後，透過刪節、擴寫和解釋的改寫手法，以生動、誇張、幽默的語言特色，讓本系列既保有經典延續性的文化思維，亦能滿足兒童的精神需求。

所有的兒童都曾經歷過和人類初民一樣的「泛靈」思想，擁有想像力去思考不存在於眼前的事物，並擁有以故事來訴說無法用理性解釋的想法之能力。同時，這樣具有幻想性、遊戲性和形象性的兒童思維，也需要一個讓他們盡情釋放能量的生命空間，以和現實世界的理性思維保持平衡。因此，優秀的兒童文學創作者無不盡力以作品建構這個幻想世界的烏托邦，讓兒童的精神自由飛翔。

我想，這套以現代童話語境改寫的《奇想聊齋》，在傳承經典的精神底蘊外，也提供了兒童思維的藝術空間；更重要的是，作者在推陳致新之際，亦完成一種兒童讀物「不以淺害意」的文學深度。

推薦文

# 整個妖異界都是我的老師——淺談《奇想聊齋》裡的趣味修仙路

文／劉美瑤（國立臺東大學兒文所博士）

《聊齋誌異》一書寫於清朝初年，作者是蒲松齡。蒲松齡一生學業不順，屢次失意於科考，後來以教書為業，但他始終懷抱著經世濟民的理想，尤其關切生活愁苦的百姓。由於困頓的生活以及對清初封建社會的不滿，比如科舉制度、官僚作風等諸多陋習，所以蒲松齡將蒐羅到的奇聞軼事加以整理，寫成《聊齋誌異》，以鬼怪狐妖戲耍刁民貪官的傳奇筆法，來反映世道不公與官場黑暗，同時也藉精怪之言抒發心中的悲憤。

《聊齋》情節曲折，想像瑰麗，鬼怪形象既可親又具有人情味，加上教化人心、隱惡揚善，因此改寫成童書的再創作品非常多，但多數僅選取著名的章節，以淺近的描繪取代較艱澀的敘述，及突顯道德寓意，這類改寫可以將其視作「童話聊齋」短篇合輯。

劉思源的《奇想聊齋》並不走「淺語聊齋短篇選」的舊路，她從將近五百篇原作中挑出二十七篇膾炙人口的故事，重新編排後分成三冊：驚奇幻術、動物群妖、奇幻魔境。再把兒童文學裡常見的「成長」概念當成這二十七個故事的「主心骨」，藉由一對四處闖禍的狸貓兄妹，在「靈狸養成學苑」的修仙路逐一展現。《聊齋誌異》在學院中褪去「孤憤之書」的形象，成為歷代靈狸的修仙寶典，書中的天馬行空與奇思妙想都變成學院教育的課程。

孩童原本就喜愛法術修練、神仙傳奇之類的故事，劉思源把聊齋搬進課堂，讓孩童在熟悉安全的背景下「修仙訪鬼」，此一改寫不僅增添童趣，也安撫了多數成人對聊齋是否過於恐怖或批判的擔憂。比如〈畫皮〉一文，劉思源運用詼諧的腔調，搭配時髦話語「暗黑系化妝術」，佐以「知人知面不知心」、「辨識惡者的偽裝」等符合當代議題的概念，揭露〈畫皮〉實為交友切勿被表相迷惑的寓意，配合輕快的敘述節奏，大幅度降低恐怖指數。

此外，《奇想聊齋》系列諸多選文隱含的意旨，與孩子的同儕相處甚為相關，比如〈小書蟲的神奇布偶〉文中，余慎和小九一人一妖雖類不同但情誼深重，隱喻結交友伴無須在意對方的出身、階層；第二集中〈來去無影的狐小偷〉一文，則直指孩童常見的交友糾紛，藉姬生誤交損友狐妖導致自己被陷害，諭示小讀者慎選朋友。

在《聊齋》原著中，有些故事在正文結束後，會有一段蒲松齡對故事或人物的評論，此筆法源自《史記》的「太史公曰」，劉思源在《奇想聊齋》裡也援引此法，在每篇故事之後都會有一篇小狸筆記或花花筆記，以天真的提問引導兒童深入思考，比如第二集的〈青蛙大神挑女婿〉文末，小狸就直白指出，被神選上固然可喜，但我們真的願意交出選擇權，完全接受神的宰控嗎？這些問題不僅可看作是挖掘蒲松齡隱藏在志怪傳奇裡的寓意線索，也是本系列作者劉思源（或我們）對孩童的期許：期盼孩童能從奇幻修仙故事中辯證人性善惡，找到終極價值。

蒲松齡教書四十餘載，《聊齋誌異》在他教書生涯時寫成，奇幻融入教育精神，而在《奇想聊齋》的修仙學習歷程中，神妖鬼怪被巧妙轉化成引導孩童往純真良善路上邁進的「另類教育家」，後代奇想家的故事設定恰巧回應了蒲松齡的生平，於奇書上增添童趣，實為奇想妙思，深得童心。

# 靈狸養成學苑的幻術期末考

題目設計／劉美瑤（國立臺東大學兒文所博士）

小狸和花花跟著白狸長老四處遊歷，修練幻術，終於到了學期末，準備放暑假啦！

正當小狸兄妹背著包袱準備下山時，一陣風沙吹迷了兩兄妹的眼，等他們再張開眼睛時，發現四周大霧瀰漫，兩人在迷濛中前進，來到一座石碑前面，碑上刻著八個大字——**欲返家園，先解三題**。

## 1.

在〈神乎其技的寫真術〉裡，趙子昂的畫技，讓其中的馬飆風跑出來了，你覺得飆風為什麼會想從畫裡面跑出來呢？

❶ 因為飆風想自由馳騁，不受拘束。
❷ 因為飆風想報答崔生的知遇之恩。
❸ 因為飆風想證明自己是一匹快馬。
❹ 因為飆風怕尾巴會被火全部燒焦。

## 2.

王小七一家世代為官，哥哥們都想力拚考場，只有小七想修仙，好不容易學了一招穿行術，卻撞得頭破血流，請問他犯了跟誰相似的毛病，法術才會失靈？

❶ 巧遇畫皮惡鬼的王大郎。
❷ 差點摔馬的晉王爺衛士。
❸ 因考試送命的小九。
❹ 損失梨子的鄉下佬。

## 3.

所謂的「變形術」指的是變成另一個物種的幻術，以下哪個精怪不會變形術呢？

❶ 黃英
❷ 竹青
❸ 小九
❹ 畫皮惡鬼

# 進階題

恭喜你！順利的幫小狸兄妹解開了前面三題，於是大霧退去，石碑也消失不見蹤影，現在他們面前出現了一張桌子，桌子上有四道點心，製作點心的廚師與甜點分別是：

Ⓐ 老道士的水梨凍。

Ⓑ 俞素秋的鯛魚燒。

Ⓒ 胡養真的銅錢餅。

Ⓓ 陶三郎的菊花糕。

請問哪道點心最有可能是假的？

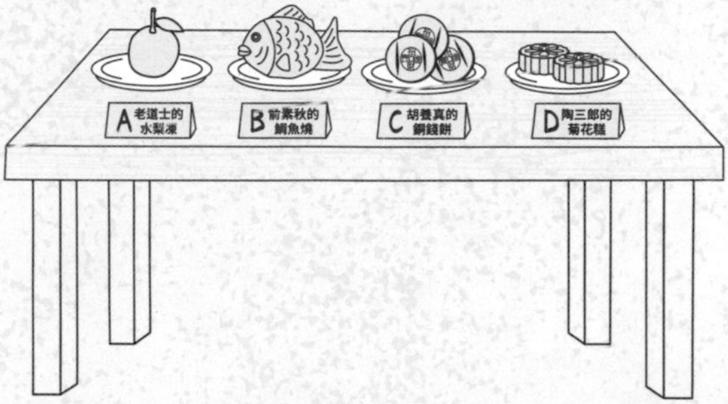

A 老道士的水梨凍
B 俞素秋的鯛魚燒
C 胡養真的銅錢餅
D 陶三郎的菊花糕

小狸兄妹能否順利下山呢？親愛的讀者們，趕緊動動腦幫幫他們吧！

## 期末考答案

**初階題：**

1.【答案】❶，故事暗示飆風是從趙子昂的畫裡跑出來的，歷史上的元朝畫家趙子昂畫了一幅《浴馬圖卷》，藉由無法任意奔馳的千里馬變成了皇帝的寵物，抒發自己被朝廷控制、不受重用的尷尬處境。蒲松齡和趙子昂有同樣的命運：皆不得志，所以我們可以推測，飆風是趙子昂（或蒲松齡）的化身，藉由飆風逃出畫來暗示他們想掙脫朝廷束縛、自由不受拘束的夢想。

2.【答案】❷，因為晉王爺也是想要炫耀自己的馬。而王大郎的毛病是識人不清，小九是過於執著科舉考試，鄉下佬則是因為太小氣，因小失大才會損失一車梨。

3.【答案】❹，黃英從菊花變成人，竹青從烏鴉變成人，小九從蠹魚變成人，而畫皮惡鬼僅僅是給自己披上一層美人皮，但皮下仍是惡鬼的形態，並沒有變形，所以畫皮惡鬼使的是「偽裝術」，不是變形術。

**進階題：**

【答案】Ⓒ，根據故事，胡養真變出來的銅錢是假的，由此推論胡養真不會無中生有，他只會施展幻術迷惑人心。

奇想聊齋1
# 狸貓學仙術

作者｜劉思源
繪者｜李憶婷

內頁版型設計｜林子晴
封面設計｜a yun
責任編輯｜江乃欣
行銷企劃｜林思妤

天下雜誌群創辦人｜殷允芃
董事長兼執行長｜何琦瑜
媒體暨產品事業群
總經理｜游玉雪
副總經理｜林彥傑
總編輯｜林欣靜
行銷總監｜林育菁
副總監｜李幼婷
版權主任｜何晨瑋、黃微真

出版者｜親子天下股份有限公司
地址｜台北市104建國北路一段96號4樓
電話｜(02)2509-2800　傳真｜(02)2509-2462
網址｜www.parenting.com.tw
讀者服務專線｜(02)2662-0332　週一～週五：09:00~17:30
傳真｜(02)2662-6048　客服信箱｜parenting@cw.com.tw
法律顧問｜台英國際商務法律事務所・羅明通律師
製版印刷｜中原造像股份有限公司
總經銷｜大和圖書有限公司　電話：(02)8990-2588

出版日期｜2022年10月第一版第一次印行
2024年 9 月第一版第五次印行
定價｜320元
書號｜BKKCJ08/P
ISBN｜978-626-305-309-0



國家圖書館出版品預行編目資料

奇想聊齋1狸貓學仙術/劉思源作；李憶婷繪.
-- 第一版. -- 臺北市：親子天下股份有限公司,
2022.10
168面；17X21公分. -- (奇想聊齋；1)
ISBN 978-626-305-309-0(平裝)

863.596　111013397